歌集

うつつの津の国

野口武彦

砂子屋書房

*目次

装本・倉本　修

歌集　うつつの津の国

歌集刊行に寄せて

歌はもと訴求だったという。「うた」は「うったえ」だったのである。願望であれ悲歎であれ、通常の水位には納まらない情感の溢出を拍節のある言葉に載せて訴えかけるいとなみ——それが「歌」であった。

気が付いたら八十四歳になっていたくらい胡乱《うろん》な人間だった私は、これまでにずいぶんたくさん文章を書いてきたが、考えてみれば、一度としてほんとうに書きたいものを書いたとは言えなかった。真に大切なもの、貴重なもの、他人と共有したくないものはだいじにだいじに自分ひとりに取って置いて、人目に触れさせたくなかったのだ。

そのほんとうに書きたいものとは何なのかは自分でもよく分からなかった。今自分が生きている世界のほんの近傍に、ふだんは目に見えない別の時空がぴたりと寄り添っているという感覚が、しつこい残尿感のように私につきまとっていたことはたしかである。そしてその気持は、この時空感覚を語り伝えなければ、私は物書きとしてほんものではないという一種の債務意識をいつも伴っていた。

もともと「津の国」という名称は、昔の摂津の国の古称であるが、ここではそんな歴史的名辞ではなく、私と芳子がほぼ半世紀の間住み暮らした場所《ラウム》を指す特別な固有名詞である。世界各地に伝承されている、百年に一度湖底から地上に現われる奇蹟の土地のような稀少性にくるまれてはいるが、その実在は疑いない。伝承の津の国には古蹟と歌枕を露頭とする地下の泉脈があり、「津の国」につながる見えない水路が通じている。私たち夫婦はその流れに身を浸して生きたに違いなかった。

妻の芳子は、そんな感覚を持つ私がいつかはほんものになると言ってくれていた。ついにその日を見ずに他界させてしまったことが残念でならない。私は芳子を一生だまし続けたのだろうか。分からない。だがこの慙愧《ざんき》の思いは、私がこれから残りの人生の時間――あと何年か知らない――をすべて債務を果たす、少しでも減らすのに投入しなくてはならないと自覚させずにはいない。このたび追悼の歌集を編もうと思い立ったのもその希求からである。

他のさまざまな文学ジャンルに於けるのと同様、というより特に取り分けて、短歌の分野ではアマチュアだ。それなのに臆面もなく歌集編纂を思い立ったのは、読者の皆さんの憫笑を怖れるよりも亡妻の霊に「今もおまえをだます気持はないよ」と幽顕の境を越えて伝えたかったからである。

令和四年（二〇二二）一月三日

野口武彦

序

　男ありけり。東《あづま》にあり侘びて西の方へもとほりぬ。津の国に女ありけるに添ひて、夢の間にいそとせ《五十年》を送りけり。時過ぎて女みまかりぬ。男つきせぬ悲しみを

五十年《いそとせ》を妹と過ごせし津の国に風は光りぬ草は歌ひぬ

津の国の春のたそがれ夕まぐれ面影かよふ人と会ひける

津の国はいづこにあると人問はばとぶらひ来ませこその芦浜

津の国は実在《うつつ》なりけり顕在《あらは》にてわが目交《まなかひ》にいつも出で入る

津の国はうつつなりけり現身《うつそみ》の空と時とのあはひにぞ見る

津の国の産土《うぶすな》を掘るその昔丘に埋めたる恋の碑《いしぶみ》
茅渟《ちぬ》の海光は西へかたむきぬ夕日にけぶる六甲《むこ》の山並み

逢ひそめ

――逢そめし夜半さへ月の頃ならで後忍ぶべき形見だになし
（西園寺実氏、『続古今』恋四）

山茶花はおのが脆さに頽《くず》れけり風花けぶる嵯峨の夕暮

青谷は海をめがけて下りつつ摩耶《まや》を仰ぎて昇る山道

空ありき夕凪ありき坂ありき青の色々海の遠近《をちこち》

オルガンの下降音階まつすぐに海へと急ぐ青谷の水

丘過ぎて坂また坂の港町いつもどこかにさしのぞく海

港町水と光と勾配が陸地に刻むアラベスクかな

日だまりは黄金の色にとろけたり海に連なる坂の凹凸

坂道の行く手に光る日だまりは着けば消え失す逃げ水のごと

坂道ののぼりくだりは筬《をさ》に似て雲のかたちを空に紡《つむ》げり

坂の町歩くリズムを後ろから追ひ立ててくるピンキーの声

＊一九七〇年頃、ピンキーとフェラーズの『マンチェスターとリバプール』が流行した。

狐トーテム

春の日に狐の親子睦びつつ離れて遊ぶ一人子ダヌキ

のろけしと人のそしりも何のそのコンコンちやんと呼びならひけり

九つやコンと狐の啼く夜は子の手柏に強飯を盛る

春風や忠信見ゆる花の道狐奔りて今翔《かけ》りけり

津の国は狐トーテム来てみれば昼はひねもす日向雨降る

津の国は狐トーテムハレの日はをぐなわらはめ幣帛《みてぐら》を振る

葛の葉子別れ
こひしくはたつねき
てみよいつみなる
しのたのもりのうら
みくすのは

木《こ》の暗《く》れの信《しの》太《だ》の森で行き逢へる狐パミーナ狸タミーノ

笛響く夜のしじまに身を寄せる狐パミーナ狸タミーノ

＊タミーノとパミーナはモーツァルトの『魔笛』に登場する王子と王女。

新幹線窓景

富士またぐ二重《ふたへ》の虹を窓に見き二人してただ言葉なかりき

大空の虹も湿りてうなだれぬ輝く西日雨滴らす

伊吹山岩肌隠す雪帽子あづまへ向ふ夫婦《めおと》励ます

アメリカ遊学（一九七〇—七二）

サンフランシスコ

この町は四十あるとふ大小の丘の連なり坂またも坂

遠く海近くは屋根を見下ろしてケーブルカーはのぼりおりする

昇り下り下界を見れば海青しかしこに霞む金門の湾

ジグザグに丘駆け下る花の坂初めてなのに曽遊の景

高台に花の匂ひは漂ひてありとしもなき時間《とき》の残像

息切らし登りつめたる高台に過ぎた時間をありありと見き

何やらん忘れたものの隠れゐて思ひ出せとぞ迫る風景

マサチューセッツの秋と冬

樹の葉々は落ち重なりて積もりけり秋をfallと誰が言ひそめし

夜もすがら霧笛は闇をつんざきぬ大西洋の潮のとどろき

雪の街で巨きな犬に遭ひにけりワンと驚く声の優しさ

北風やわれ羚羊《れいやう》の群に伍し極地めざして夢に翔《か》けたり

『哈仏《ハーヴァード》日録』より

［一九七〇年十一月廿四日］午前零時。マユミさん（三島の翻訳者ジョン・ネイスン氏前夫人）からの電話で起こされる。三島由紀夫が割腹自殺したという知らせ。衝撃を受ける。意外だという思いと、やっぱりやったか、畜生やられたなという感想がこもごもに湧きあがる。マユミさんの話では、日本刀をひっさげ、自衛隊本部に斬り込んでその場で自殺したという。いかにも三島らしい劇的な死に方を選んだものだ。おのれの生をいかに完結させるかを考えぬいたにちがいない三島の、おそらくは超意識的なアナクロニズムの演出だったろう。

［十一月廿八日］朝、郵便配達に起こされる日本の芳子からの速達で三島事件をめぐる朝日・毎日・神戸新聞の切り抜き。

［十一月廿九日］電話で起こされる。午前六時。日本からの国際電話で『新潮』の来月号の三島特集に書けという。三十枚。こうなくてはならないところ。芳子から小包が届く。原稿用紙・手帳と一緒にわたしの三島論が出て来た。いつもながら気転がきく。

［十二月廿四日］朝のうちに来た芳子の手紙ではこの前の小包にドルを入れたとのこと。早速調べてみたら、手帳の表紙の裏から百七十八ドルが出て来た。助かった。この臨時収入で一息つける。

マサチューセッツの春と夏

春四月地べたに萌えるチューリップ雨に濡れては蕾膨らむ

足もとの野に生ひ立つるクロッカス緑にまじる小紫かな

マロニエの円錐花序は振り立ちぬあたりに罪の香《か》を放ちつつ

重たげにマグノリアの枝揺らぎつつ墓園の石は風に白かり

樹木みなみどりの炎放ちつつ妖しくいのち燃やす五月ぞ

ニューオーリンズ

うららかに日ざし静まりゐたりけり蔦生ひかかる鉄の唐草

ものみなのすがれ朽ちゆく音すなり日影静もる石の中庭

いづこよりか小暗き花の香り来て思ひ出のごときもの胸を騒がす

石畳にこぼれ落ちたる日のぬくみ黄金に似たる午後の静けさ

昼ながらものうき汽笛とよもしてミシシッピーの水は近かり

河ながら名こそ轟くミシシッピー海と競ひてたぎる川波

フレンチクオーター

外国《とつくに》も同じ香にこそ薫りけりパチオの園に咲ける藤波

中庭に日ざし流れて老黒人の居ねぶる影は長く動かず

夜もすがら桑間濮上《そうかんぼくじょう》の声はして灯火さざめくジャズの八衢《やちまた》

涼風に枝葉の影絵たはむれて一つ動かず鉄の唐草

昼ながらガス灯の炎のゆらめきに訪ふ人もなき白き廃屋

かそけさはガーベラの花に休み居る蜻蛉《あきつ》の翅の蒼き透影

重く濃き胸の吐息か真昼間のパチオの隅にアマリリス咲く

柘榴笑みて真昼時とはなりにけりありし昔の傷の疼きよ

シカゴ

空路シカゴに向かう

嫩緑《どんりよく》を茶褐の大河縫ひにけり三日月型のデルタ残して

ミシガン湖畔

湖岸春浅く水は昼なほまどろみて風のまぎれに遠き雑踏

黄昏は鉄路の匂ひ雑《まじ》へつつユニオンステーションは悲しかりけり

ふたたびケンブリッジの初夏

日影淡く白き墓石の静けさにマグノリアは散りぬ二輪三輪

家も人も夕日に笑みて輝きぬ影も明るき丘の坂道

この年も何を待ち居るわれならむリラの花咲きリラの花散る

コルカット（プリンストン大学日本学名誉教授）夫人暁子さんへ

夢に満ちし真白き花のあけぼのに胡蝶と見ればクレオメの君

第一回ヨーロッパ旅行（一九七二）

イギリス

ロンドン

音に聞く乞食の威厳いみじかりフロックを着て小銭所望す

あなたがた日本人はタコを食ふオオノーとこそ主婦は言ひけれ

イングランド鉄路小径景

とげ勁《つよ》き薊《あざみ》は咲きぬ錆色の軌条《レール》の先は草に隠れて

廃線を蔽ひて茂る夏草に紅《くれなゐ》の芥子《けし》あまたまじれり

空に雲牧場に羊みづうみに白鳥浮かぶケルト草原

嵐が丘スケッチ

草を分けて風吹きすぎぬ丘の端の花や昔の恋のうたかた

あたりぢゅう綿毛散らして風吹きぬヒース茂れる丘の暮れ方

くろぐろと石の古城《エヂンバラ》はそばだちて雲はひねもす空に乱れぬ

はてもなく牧の緑は連なりて地には羊群空に夏雲

眼路ただ麦の穂草の起き伏しに色濃き芥子の紅《べに》のしたたり

野末より吹き来る風に草は鳴りてなほ暮れやらぬ夏の短夜

ドイツ吟行

ハンブルグ近郊のハイデにて

白樺の梢揺らして来し風は落葉松の林分けて行きけり

薔薇あまた雨を含みてうなだれぬ湖水の城の影はけぶりて

イタリア

ヴェロナ野外劇場

蝙蝠の飛び交ふ夜空つらぬき嚠喨《りうりやう》とペットは響く凱旋の曲

ヴェニス断景

日もすがら運河の波のゆらめきにかたち常なき水影の町

さざなみに黄金醸せる夕日影ゴンドラの櫂に千々に砕けり

サンジミジャーノ

雷鳴りぬ次々鳴りぬ農夫らはトンナトンナと空を指さす

メキシコ寸景

クエルナバーカ

火焔樹の赤はめらめら目を灼きぬ亡国インカの怨念のごと

コルテスの征服の痕今は消ゆポポカテペトル遠く聳えて

＊標高５４５３ｍの休火山

シアトルにて

ワシントン・レーク

むらさきに湖《うみ》はけぶりぬ眼路《まなぢ》遠くレニアの峯は雲に隠れて

＊高さ4392mのカスケード山脈の最高峰。

湖《みづうみ》は白帆を抱きて碧《あを》かりき遠山影も凪に憩ひぬ

夕闇は湖《うみ》とひとつに藍に溶けぬ空に群れ立つ雲の紅《くれなゐ》

山村耕藏氏（ワシントン大学人口論学者）邸にて

北の湖《うみ》の遠《とほ》の白帆の淋しさよ霞のひまに影は褪せ行く

北の湖《うみ》の入江しづかに眠りをり夕凪の帆にかへる舟影

ニューヨーク州　イサカ

太古の氷河が作った「フィンガー・レーク」なる湖に面した静かな町。
コーネル大学あり。

八衢《やちまた》に坂たたなはる九十九路《つくもぢ》や眼路の下に藍の湖

若みどり森ぞ燃え立つ夕立の雲のまぎれの黄金こぼれ日

坂はまた坂につらなる高台の長き日足に赤き芥子咲く

鞦韆《ぶらんこ》は人なき庭に揺れゐたり赤き芥子咲く今は日の午後

濃く淡く入り日の紅は溶け出でぬ森の梢の影の黒きに

大学キャンパス内に峡谷あり

白絹の水岩肌を洗ひゐてつがひの蝶は苔に舞ひ立つ

プリンストン《公子屯》を離れる（1976）

ニュージャージーの夏

そばだちて東に向かふ夏雲の白より薔薇の色のかがよひ

六月二十五日八時半頃、夕涼みに外に出た芳子が螢がいるという。なるほど大きな螢が無数にスタンワース（大学職員居住地）の芝生の上で光を点滅させている。数知れぬ光点が闇に流れる。猫が二、三匹じゃれかかっていた。

樹々あまた重き呼吸《いき》する水無月《みなづき》のあやなき闇に螢飛び交ふ

かつは消えかつ燃えまさる螢火に水無月闇の濃さぞ知らるる

狐の螢狩の戯画に題して

宵闇に燃えて焦がるる螢火と狐の恋といづれまされる

〽螢火に狐うかるる夏夜哉

六月二十八日。プリンストンを去る日が近づき、芳子が梱包に多忙をきわめている。ハーヴァードから出る時もそうだったが、引っ越し前にはいつも目が吊りキツネツキ状態になる。まともに相手にしてもらえない。こちらも放っておくしかなし。

六月三十日。てんてこ舞いの芳子と共に銀行・郵便局など最後の雑用を片付ける。マリウス・ジャンセン教授にケネディ空港まで送ってもらう。午後十時、アイスランド航空で同空港を出発。七週間の欧州旅行の門出に発つ。アメリカからヨーロッパに飛ぶいちばん安い料金なればなり。

七月一日午前七時半、レイキャヴィーク空港に降り立つ。とたんに霙《みぞれ》まじりの風が吹き付けて肌が冷たい。乱れた雲が空に低く垂れこめてほとんど地に接している。北緯ほぼ六十度。私と芳子には高緯度のレコードなり。

第二回ヨーロッパ旅行（一九七六）

アイスランド

空港からタクシーに乗る。英語は通じない。片言のドイツ語で間に合わせる。
アイスランド語は鋭い詩的な響きがする。

音に聞くルーネの文字か道標のÆ《アエ》やらÖ《オエ》がわれらを迎ふ

氷島風景

氷島の天雲低く地に垂れて代赭はてなき溶岩の夜

白夜冴えて町に人なきさいはての北の海辺に入江まどろむ

あらけなき崖に牧場は抱かれぬ苔を食みゐる羊一群

みなもとは千古の氷河灰色の波逆巻きて巌嚙みをり

洞門は柱状節理いかめしく無数の鷗岸壁に舞ふ

レイキャヴィークにて

夜もすがら暮れもせずまた明けやらぬ白夜の町の永遠《とは》のたそがれ

これぞかのテューレの島よ人らみな古伝説《エッダ》のごとく悲しげに笑む

暮れやらぬ白夜の嘆きをやみなく何とはなしに人々を責む

罪なきに心は重しレイキャヴィーク白夜の疼き肌に残りて

明け方も空はをぐらし人々の行き来とだえし氷島の首都

フランス

シャルトル

瞳ひたと光の方を見定めつ天つ空なる薔薇の荘厳

瑠璃と紅に光こぼれてしづまりぬ古き伽藍の床の甃石《しきいし》

ロワールの古城をめぐる

雨露れて年経し城の胸壁に咲きむらがれる昼顔の花

暗闇に囚人ら死すてふ石牢を出づれば昼のなつかしきかな

人あまた生命吸はれし城の牢緑の草にまじる雛罌粟《ひなげし》

おもたげに薔薇はかしぎぬ中つ世の堀水渡る水の涼しさ

藻の花は真昼の堀にまどろめり古城の塔の影を抱きて

青鬚の城《ナント》あらけなく荒れ果てぬ跡あざやかに咲ける紫陽花《あぢさゐ》

燕らは夏の園生を飛び交ひぬここだ咲き笑む花の色種《いろくさ》

スペイン　ポルトガル

サラマンカ

老婆ひとりぬかづき祈り呟きつマリアの笑みの清き冷たさ

リスボン

眼の下に夜の港はきらめきぬ守宮《やもり》這ひゐる石の坂道

水の青に白亜の石のまばゆさよ砲錆びゐたり海の堡塁

湾をわたる風の涼しさ樹の緑花濃く赤き廃城の園

石の路地に魚焼く匂ひ漂ひて夜なほ暑し急坂の街

国境の町ファーロ

夕されどなほ暮れやらぬ海の凪干潟の水に影ぞ色濃き

海の方は白くまばゆき薄曇り陽にあこがるるサボテンの花

車中小景

海の駅に汽車はとまりぬ娘らのゆたかな腋にやどる露玉

海の陽の重き光を受け止めて厚き葉陰にのる無花果

葉々はみなうなだれをれどその花ぞ火と燃ゆるなりブーゲンビリアは

セビーリャ

ムーア風の迷路めいた路地で一団の人々と知り合う。自称「デモクラシーのために戦う」青年（？）たちなり。その一人ホセは人民戦線の生き残りという。まだ身体に昔の弾痕が残っているそうだ。酔って所かまわずフラメンコを踊るので閉口する。

この地をばあだに見なしそ反逆のアンダルシアぞ心して行け

若き血のたぎり瞳に残るなり腕《かひな》で疼く弾丸《たま》の古傷

大聖堂（カテドラル）

雲をつく伽藍の風見天使らはラッパ吹き鳴らす天に届けと

バカレナ教会（闘牛士の教会）

金色に血なまぐささは隠れけりマリアの像は恬然《てんぜん》として

グラナダ

抽象のすがすがしさぞ知られけるアルハンブラの幾何形の庭

洞穴にカスタネットは響きたり腋毛揺らしてツィガーヌは舞ふ

興乗ればギター弾く手も下腹もちよつと突き出るフラメンコかな

東欧圏をめざす

アドリア海沿岸を行く

落日は波に砕けて輝きつアドリア海の青き夕風

波はみな小太陽を抱きつつ微醺にけぶる海の夕凪

トリエステ小景

街一つ海の気配をへだてつつアンジェリイクの咲ける廃屋

折から晩禱《アンジェラス》なれば

ほの白き撒状花《さんじょうか》序《じょ》はゆらめきぬ間近き塔の鐘の響きに

聖セバスチアン像

裸身《はだかみ》に征矢の刺さりし御姿は地蔵の如くあちこちに立つ

ベオグラード

国境言葉《くにざかひ》は不意に変はりけりここから先は暗いスラブ語

ひきかへて野の花々の自在さよどこまで続く色のとりどり

八月九日。初めて実地に見る社会主義国の首都。しかしどこにもチトーの写真はなく、ポルトガル・スペイン・イタリアでさんざん見たハンマーに鎌の落書きもない。

ゆうべイタリアからユーゴスラヴィアへ入国する夜行列車で車中泊だったので、ひどく眠い。ホテルで昼寝。芳子もスースー。なまめかしい夢を見る。

夢ぬちに白衣の人とまじはりぬ
その後朝《きぬぎぬ》の薔薇のあけぼの

十日。動物園に行こうとして通りがかりの女性に道を尋ねる。セルビア語は知らないので、私は頭上に指を立てて牛の真似、芳子は両手を前に出して狐の格好。相手は驚いて逃げ腰になったが、やがて振り返り、「おお、動物園《ゾー》！」。

孤狐

独り身の狐住みけり檻のなか目を見合はするわれは旅人

ドナウ川逍遥

鉄門峡「(ドナウ川の要衝)へ行く観光船に乗り込む。ドナウを遡ってルーマニア国境にさしかかるとカーキ色のフリゲート艦が遊弋《ゆうよく》している。峡は壮観というほどではないが、急に両岸が迫り、川幅は三、四十メートルくらいに狭くなる。

さかしまに巌を写す鉄門の水辺に舞へるつがひ白鳥

ハンガリア

ブダペスト

八月二十二日。午後二時少し過ぎ、ブダペストに着く。タクシーでホテルへ。初めから運転手の印象がよくない。客引きをして乗せ、釣銭を返さない。社会主義は人性を変えず、いささか憮然たり。

町そのものはすこぶる美しい。水量豊かなドナウ川を挟んで、城のある高台（ブダ）と低地のペスト（地元ではペシュトと発音する）が山の手と下町のごとく向き合っている。

渾然とブダとペストは霞みけり大河ドナウを丘は見下ろす

街と河は青磁の色にたそがれつ水面《みずも》に映る雲の薄紅《うすべに》

ハバネラは遠く夜空に谺《こだま》しぬドナウの洲《しま》の野外カルメン

山上の昔の城のレストランハパスブルグの夢の名残か

この広場ソ連の戦車来た場所とマジャール人はあへて語らず

八月二十三日午前七時三十分、ねむがる芳子を起こして出席した九時からのセッションはつまらず。ただ最後をしめくくったジョージ・スタイナーの話に迫力と気魄を感じ、強く印象に残った。

その声にバベルの民は静まりぬ右手萎れし人の獅子吼《ししく》に

そこまではよかったが、その後がどうも。記者の切符を買いに行った芳子が三時間経っても帰って来ない。後で聞いたら、窓口がこみあって大混乱。非能率かつ不親切。ワリコミありインチキあり。すっかり東欧社会主義名物の《行列》に巻き込まれたという。

"If there is ever a revolution against Communism, it will be started by someone who had to stand in line too long." —Int'l Herald Tribune

Aug 15 à Budapest

八月二十七日、どうにかハンガリアを脱出。オーストリアに入り、神聖ローマ帝国の首都だったという古都メルクに宿す。

ザルツブルグ

きはやかに目を射る白亜の城のたのもしさ塩の砦と呼ぶはさすがぞ

日は暮れて街にともす管弦のバロックの音色ゆかしき

ハイデルベルグ

丈高く古城聳えぬ赤黒き巌照らして日は沈み行く

憎みつつまた愛し合ふ男女のごと歯嚙み逆巻くライン・ネッカー

伝説の古き酒場の空騒ぎ隅で出番を待てるメフィスト

＊　＊　＊

これらの日々から夢の間に四十五年が経った。元号も昭和・平成・令和と三代入れ替わった。この歳月にはじつにいろいろな出来事があった。大地震があり、酒浸りの日々が続き芳子にずいぶん苦労を掛けた。その後、医者に「酒も煙草もやめる。武士に二言はない」と大見得を切った手前、意地で二つとも一度にやめ通した。芳子は喜んでくれた。

二人は連結して生きていた。あたかも二重連星のようにたがいを中心にして回転していた。めいめいが自分の系を持ち、それぞれの景観をたがいに望見しながらも、しかし相互の強い牽引力が連星を分離させないように二人を引き離すことはなかった。

各自が自分の世界を生きた。芳子にも自分の家族・交友・地域社会での行動半径があった。たとえば、高校生時代からの親友だったY・O子。この女性は精一杯人生を享楽した後、われら二人に先だって忘却の国へと旅立った。昔でいうなら華族の末裔になる女性で、育ちの良さは争えず、ヒメと呼ぶとテレもせずこちらを振り返るほどだった。そのヒメと芳子との交情を芳子に代わって詠んだのが次の連作である。

レーテ頌歌

レーテとは黄泉《よみ》の流れぞ水の面《も》に記憶の影は淡く溶けゆく

レーテとは地下水面の暗がりぞ忘れよと鳴る瀬々の水音

黄昏はものの輪郭《あやめ》も朧《おぼろ》なり記憶の在処《ありか》しばし留まれ

これやこのレーテの川か岸の辺にわが来し方を忘れ草生ふ

沼底の泥よりも濃くわだつみの深海魚よりおぞきもの待つ

時間《とき》は疾《と》く過ぐばかりかは水底《みなそこ》の常盤《ときは》に似たる夢の堆積

黄泉の府に流れゆくなる忘れ川夢ぞ重なるレテの水底

数ならぬ身にはあれども梓弓入りて交らん世々の人数

水音も忍びがちなり夜の川太古ながらにレテは流るる

われはしも忘れ形見ぞ人みなの思ひ出失せし後に残れる

忘れ姫拾遺

岸和田の岡辺の園の姫百合は睫うつむけ咲き笑めるなり

岸和田の城は雲居にまがひつつしづ歩みゆく姫のまぼろし

岸和田の浜の白砂かそけくて爪紅ゆかしこその姫貝

岸和田の浜に拾はん忘れ貝うつむく姫のうなじ悲しき

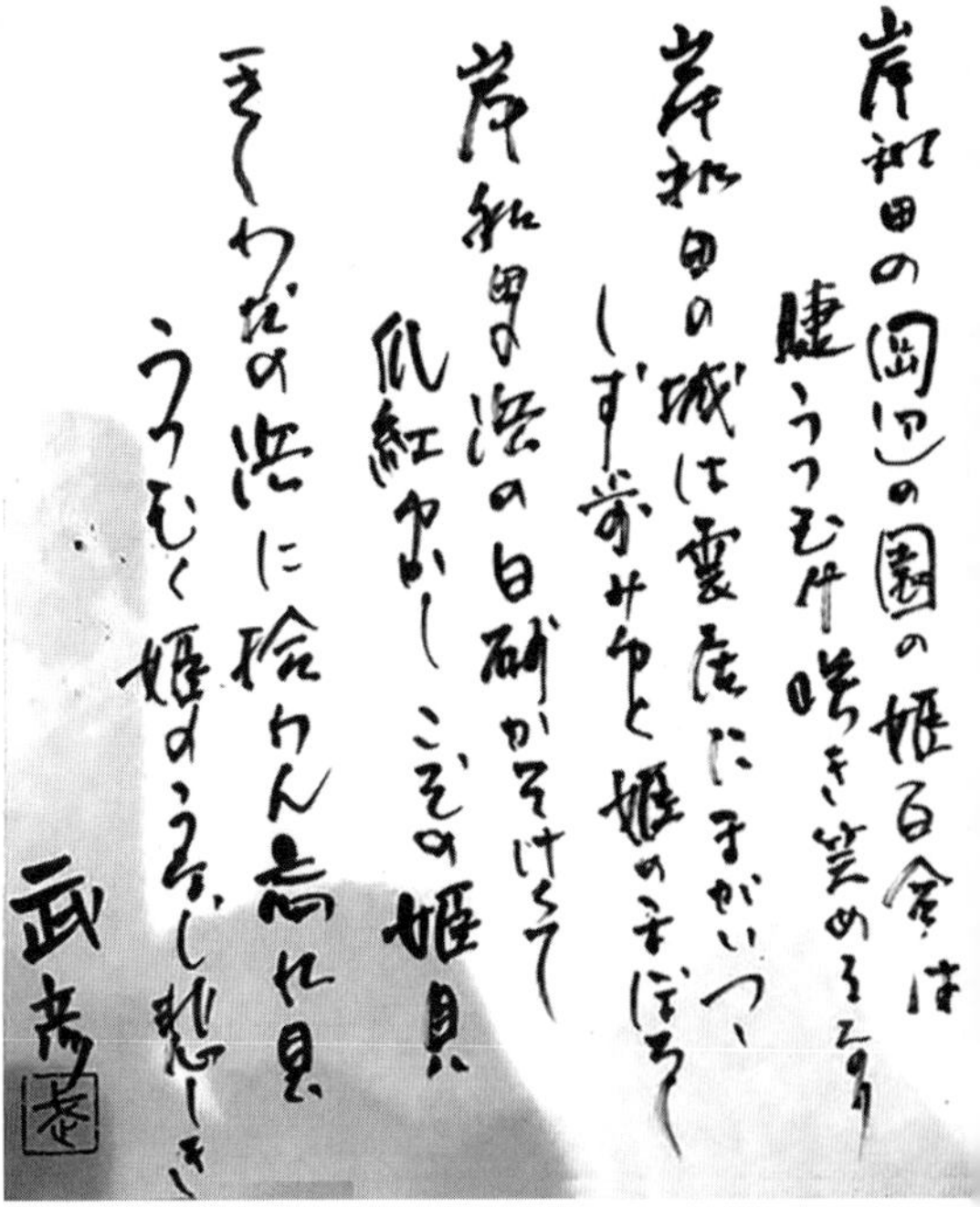

岸和田の岡辺の園の忘れ草うつつをたどる姫のまどろみ

岸和田の城を枕にまぐはひぬ白磁の乳にやすらへる君

わが胎に入りて膨らむあらみたま限りを果てていのち終りぬ

津の国の風物を一変したのが一九九五年の「阪神・淡路地震」である。当事者には五年早まった二十一世紀の到来だった。風景と物情ばかりではない。人心も大いに革まった。武彦にも自己自身の姿を見直す心機が訪れた。二〇〇九年、武彦は髄膜炎・脳出血・脳梗塞を病み、その後、間もなく芳子は卵巣癌に罹患し、発見した時にはもう第四期になっていた。それからの長い歳月、夫婦で過ごした日々をどのように形容したらよいだろうか。二人は何か貴重なものを抱え込みながら、できるだけそれに触れないように生きていた。

二人とも老齢に達しつつあることは知っていた。「老い」に直面する覚悟はできていたが、「死」、それも配偶者の死が近づいていることはをまっすぐに見据えることは恐ろしかった。そんな心の落ち着かなさから次の詠み草が生まれた。

老春譜連吟

（ある男のよめる）

薄く濃き苔の緑のゆかしさにまずかきやりし昔恋しき

（ある女のよめる）

薄く濃き草の繁みのなつかしきまず掻き分けし指ぞ恋しき

ぬば玉の夜はあやなしモノクロの闇に分け入る肉色の夢

（ある老人のよめる）

畸のエロス

畸は奇にあらず。いくら等分しても割り切れぬ余りの田をいう。ただの変わり者ではない。常識では間尺に合わぬ余計者なり。

畸の者は哀れなるかな人らみな目をそばだてて袖を引き合ふ

畸の者ははれがましきぞ人らみな目を丸くして遠巻きに見る

なりなりて余れるもののわれにあり人目つつしみいゆきはばかる

なりなりて余り出でたる悲しみにやすらひ知らずいつも人恋ふ

割り割りて割りつくせりと思ふにもなほ余りあるわが身なりけり

崎の古訓はアラタなり

いかにせん崎の字のヨミは荒田なり余りて荒れしわが身なりけり

侘びぬれば荒田に憩ふ白鷺の姿よきにも涙こぼるる

二〇一五年の春、芳子や大学の教え子たちと連れ立って京都府木津川の浄瑠璃寺を訪れ、矜羯羅《こんがら》童子像と対面した。不思議な気持だった。

コンガラ連作

コンガラは初発《はじめ》を知らず未現《ゆくすえ》も時空の海にただよへるなり

コンガラは人を恋ふとて億兆の時空を超えて娑婆に来にけり

コンガラは人恋しとて山城の瑠璃の御寺に居場所定めつ

コンガラは薬師慕ひて因陀羅《インダラ》の網のくまぐま泣いてめぐりぬ

コンガラは素性知られず明王の脇に澄まして立つてゐるなり

思ひ出でよ未生以前のものごころ時空《とき》をめぐりてわれと生《あ》れにき

コンガラは人里恋ひて津の国の芦屋の里に住みまぎれけり

津の国の芦屋に年を経るわれをもしコンガラと問ふ人もなし

否も応もなく、最後の別れが近づいていた。しかしそれに「死」という
あからさまな・具体的な・有形の形を取らせることには怯みがあった。「死」
を考えたくなかった。その点、武彦は迂遠だったと言わざるを得ないが、
芳子は必死に延命の可能性にすがっていたと思う。

歌を取り戻したのは、芳子の容態が思わしくなって緩和病棟に変わるこ
とが日程に上がってからだった。病室の芳子といつでも連絡できるように、
二人で「狐狸通信」となづけたメールを開設した。ハンドルネームは芳子
が「コンコン」、武彦が「チャッポ」。二人とも八十という老夫婦がこう呼
び合うなんて、幼児的だと嗤うなかれ。二人はメルヘン原型的な間柄を回
復したかったのである。

＊　＊　＊

○『狐狸通信』より

◆どうしてる？　2019/8/5

コンコンちゃん

顔写真見たよ。割とふっくりしているので安心しました。点滴が効いているみたいだね。おなかが痛くないといいけど。

キツネ連作始めてみました。二人で過ごしてきた貴重な時間のおさらいです。

津の国の芦屋の里の夕まぐれ親仔の狐啼き交わすなり

津の国の芦屋の里に来てみれば木陰涼しく狐まどろむ

いつのまに袖は濡れしかこれぞこの狐の嫁ぐ日向雨かな

かりそめの短き夢の形見とやぬくもり残る午後のこぼれ日

気に入ってくれるかな？　いかにもヘタだけど、これからもいっしょけんめい作ります。

真剣な気持のチャッポ

◆日刊チャッポ　8/8

ありがとね。がんばってメールくれたんだね。無理を言ったのかなあ。
そうだったらごめんね。ぼくはすこぶる元気です。
キツネ連作ですが、そう粗製濫造もできませんから、今日は一首だけ——

恋ひしけば尋ね行かなむ津の国の芦屋の里にキツネ住むなり

お休みなさいのチャッポ

○お金も薬もうまくいったよ。　8/09

キツネ連作ですが、今回は「キツネ連作3」としてまとめてみました。

浅みどりむらむら萌える若草にかげろう揺れて遊ぶ子狐

涼しさは川岸の草踏み分けて螢を追ひし宵々の風

秋されば芦のまろやに風立ちて今駆け抜ける狐幾匹

冬ごもり主《あるじ》の留守のいぶせさよ雪はコンコン狐コンコン

気に入ってくれると嬉しいけど。

キツネ想いのチャッポ

○芳子の返信　8/12

こんばんは

昨日の夜のカナブンの話びっくり。カナブンってちょっと背中が緑色でぴかっと光っているような昆虫よね。あれが家に入ってきたの？　いいサインかもね。

今日は午後、お友だちがわらび餅を持ってきてくれたので恐る恐る二切れ食べてみました。これでお腹が痛くならなければ少しは塊のものを食べられると言うことかもしれません。いろんな検査の結果、今のお腹の痛みは軽い腸閉塞を起こし始めているせいだとわかりました。S先生が、まず痛みをとること、高カロリー点滴で元気をつけることそして腸閉塞がひどくならず停められる方法を探してくださっています。

今晩の肝の炒め物どうだった？　美味しければよかったけど。あの青い野菜の名前がどうしても出てこない。わけぎだったかな。

今は今少しテレビを見ています。タックがいないので、それに新聞もないので、どの番組を選んだらいいのかわかりません。不便です。

今日の変換も何か変なところあるよね。でもこのまま出してみますね。

安眠してくださいね。　芳子

◆武彦発信　8/13

コンコンちゃん

元気かい？　背中が痛くなくなるといいね。もちろん、オナカが直るのが一番だけど。キツネ連作4です。

「旅の思い出断片」として――

波ありき藍もみどりも紺青も眺め回りし海のいろいろ

聖堂はをぐらく白く聳え居ぬモンマルトルの坂の敷石

洞穴にカスタネットは響きたり腋毛揺らしてツィガーヌは舞ふ

コンコンちゃんが痛がっているのに、のんきに短歌など作っていてごめんね。

台風にそなえているチャッポ

◆芳子返信

ありがとう！　生き生きと思い出します。リスボンの海、モンマルトルの風情、あの時あまり上手じゃない手品か何か見たわよね。ねぇ、ツィガーヌ乗って、男の踊り手のこと？　あれもなんだか印象に残った夜だったよね。なんかコンのことキューーっと見つめてたチンチクリンなカスタネットダンサー！　句のおかげで40年が飛び越えられます。

背中の筋を違えた痛みは茶歩の背中の筋を違えた痛みは茶歩の腕の痛みと同じで時間がかかりそうです。でも今痛み止めを飲んだので効いてきたら、しっかり眠れます。今気がついたけど、タックはもう寝てるかもー

おやすみなさい。　　芳子

◆SOS SOS!!!　8/24

T・Y様

どうしたらいいのか分かりません。

きのう（8月23日）世なれているM君を連れて病院へ行きました。芳子は今日（8月23日）、腹水を抜き（S先生の判断で延期もあるそうです）、その後に抗癌剤を入れるのだといって希望を持っています。ぼくにはこの前きみから聞いた「芳子の余命はあと一ヶ月」という言葉が頭にありますから、何にも意見を言えません。

もちろん、決して口外しませんが、そのつらさは一通りではありません。あと数日は芳子と接触できなくなります。その間、こちらの神経が保つかどうか自信がありません。自分がこんなに弱いとは知りませんでした。何よりも誰にも相談できないのがいちばんこたえます。

こちらへ来てくれませんか。いざとなったらぼくの所に泊まっても結構です。どうかなってしまいそうです。

武彦

◆至急相談　8/25

T・Y様

再び至急ご相談致します。芳子にはまだ内緒ですが、まわりで早目にそなえておいた方がいいと思いますので、芳子から叱られるかもしれませんがご一報します。

芳子は八月二日からずっとM病院に入院中です。腹部のシコリが取れず、一週間何も食べず、栄養点滴だけで身体を保たせているような状態です。ぼくは何の役にも立てず、自分の無力が腹立たしい限りです。

ただメールを出し、一日一回電話をするだけですが、電話の声も弱くなっているような気がします。誰か近親者が側にいる必要があると感じます。（情けないことに、ぼくは車椅子がないと自由に動けません。）

お願いがあるのですが、急いでこちらに来てくれませんか。付き添いはともかく、芳子の話相手になってほしいのです。

以上至急ご相談まで　　　　　　　　　　武彦

◆緊急発信　8/25

M病院S先生

先生には軽々にメールを出してはならないことは重々知っているつもりです。にもかかわらず、こうしてメールを差し上げるからは、よくせきの事と御承知下さい。

「芳子の存命期間はあと一ヶ月」と、義弟の口から聞いたのは八月十七日でした。知っているのはぼくと義弟二人の三人だけです。芳子本人にはもちろん知らせていません。

幸いこのたび腹水排液はうまく行ったようで、芳子もたいそう喜んでおります。御処置まことに有難うございました。

さてご相談と申しますのは、ぼくの今後の芳子との接し方です。当人はこの症状改善から抗癌治医療もさらに進むという希望にすがっており、ぼくもそれに調子を合わせて明るく振舞っていますが、基本方針はこの線でよろしいでしょうか。

ぼく野口武彦は芳子の「生死の最終責任者」であることを忘れないつもりです。ご多忙とは存じますが、芳子の先生に寄せている絶大な信頼をお汲み下さり、お見放しなきよう心からお願い申し上げます。　敬具

緩和病棟

痛むのに痛いとはつゆ言はざりきただすべもなくうろたへる我《われ》

緩和ケアを勧めし声を僻耳に棺桶と聞きて人を憎みぬ

死の翳が顔に出たりとさかしらに我に知らする人はうれたし

死期知れる人を畏れよ澄みわたり世に偽りのあるにあられず

連れ合ひが死期を知れると知りながら知らぬ顔する日々の苦しさ

○芳子他界

◆義弟へのメール

T（芳子弟）様　2019/9/26

芳子の臨終に立ち会っていたのはぼくだけなので、病院でいろいろ尋ねられると思います。ご存じの通り、ぼくは発話に難があるので、口頭で説明する代わりに文章に書いておくことにしました。以下の通りです。

M病院ののS医師から、実は芳子の病状が非常に悪く、生存期間は後一ヶ月くらいだろう、と聞かされたのは八月十七日のことでした。もちろん当人には知らせられません。他の人にも。ぼくとTY／MY兄弟の三人だけの極秘にしました。それから約五十日間、本当のことを伏せたままふだん通りに振舞うのにはつらいものがありました。

しかし当人は「いつか必ず治る」と希望を捨てませんでした。最後までそう信じていました。よかったです。

最後の時間は、信じられないほど静かでした。それまでに数時間、目を見開いて荒い呼吸をするのと目をつぶって無呼吸になるのとの繰返しが続きました。そのうちに無呼吸が変に長いので声をかけたらもう動かなくなっていました。医師が来て九月二十五日 pm20:28 と死亡を宣告しました。

退室ぎわに、ベッドに横たわっている芳子に「それじゃあね」と別れの挨拶をしました。返事はありませんでした。　以上

永訣

ジャアネとぞ別れのきはに呼びかけきツンと澄ました顔で答へず

死に顔はツンと澄まして目を閉ぢぬ人寄せ付けぬ口元の笑み

ごめんねと千度言つても気は晴れず悔いはいのちの痛みなりけり

リアのごと胸も裂けんと哭くべかりしを何ゆえわれは声殺しけん

つれなくもわれを見放けしその顔は呼べど答へずつつけど怒らず

隠れんぼ

隠れんぼ隠れつきりの女の子鬼泣きじやくる里のたそがれ

「まあだだよ」声を残して消えた妻いくら待てども帰り来らず

いつの間に居なくなつたかわが妻よどこ探してもかけらだになし

ありのすさび連作

ありし日のありのすさびのつれづれにまた次の日をちぎりしぞ憂き

又の日は又なきものと知らざりきありと見えたる明日はまぼろし

又の日があるとぞなどて思ひけむ物事はみなただ一たびぞ

おぞなりき明日と思ひしおこたりを千たび悔ゆれど今は甲斐なし

おぞなりきありのすさびのわがままは居ればうるさく居なけりや淋し

妻失セヌ

Ma femme est morte, je suis libre!（*Le Vin de l'Assassin*）—— Baudelare《Fleurs de Mal》

妻失せぬわれは自由ぞ空青し行く場所はなし天に日はなし

陽は空に輝きわたり地に満てりさらぬ別れをまだ知らぬ世は

今朝よりは何をせんにも気儘なる日々の多さよ叱られたきに

これからは朝寝ができるひとり者もうお昼よと妻の声なし

残像残影

日と共に薄らぐものにあらざりきいやましつもる悲しみの嵩《かさ》

かりそめの短き夢の形見とやぬくもり残る午後のこぼれ日

「ただいま」と帰宅を告げる声がしてふと眼覚むればいつも見る夢

阪神が点を入れたと妻に告げネコと睦びし午後は帰らず

何気なきいさかひさへもなつかしき「もう逢はない」となどか言ひけん

眠るのが何より好きな君なりきゴトンと発車すぐ夢の内

夜もすがら蛇口したたる水しずく妻のいのちの漏れ落ちる音

夜をこめて忍び忍びの妻の声空調管の立てる音なり

ものみなはなべて光を失ひぬ妻の最後の床を見しより

仔猫らの姿見るのが好きなりき生命いとしむ今のひととき

ガリガリと壁で爪研ぎ叱られし猫になりたし妻帰り来よ

いつしんに犬サフランは蕾みけり根も葉も見せず思ひ包みて

寅さんの映画で共に貰ひ泣き知らんぷりする夫婦なりけり

たいがいはこちらが折れて仲直りできた昔が今はなつかし

いさかひの仲を直したその場所は動物園の犀の檻前

夢裡遊行

醒めぎはにはぐれちまつた亡き妻よ夢の巷を一夜探しき

山道で妻とはぐれし夢を見き死に別れよりいとど淋しき

子狸は行き暮れわびぬ八衢《やちまた》の狐はぐれし道の行く手に

子狸は道に惑ひぬいつの間に狐の失せし夜の暗きに

津の国の狐啼くなる夕まぐれ叱られ帰る道のはるけさ

夜もすがらいくつの里をめぐりけむ行方知られぬ妻を探して

夜の夢はいわば魔笛の暗い森パミーナ探そ朝明けるまで

独居寂寥

いつの日に帰り来るぞと約せしかそれも朧《おぼろ》な長すぎる留守

帰り来む日とて契りはあらなくに心待たるるけふの夕暮

面影を歌に詠むとて口ずさむ一節《ひとふし》ごとに悔いはつのりつ

花なくて鳥・風・月も更になく何にもなくて旅立ちし君

見る日ごと変る雲居の在りどころ昨日の空の行方知られず

まだ生きているよすまぬと詫びるわが暮らしけふ一日もかくて過ぎけり

もう来《こ》ぬとかねて知れども待たるるは恋しき人の便りなりけり

わが耳の底ひに眠る蝸牛殻《かぎゅうかく》昔の人の声音とどめよ

などてわれイヤナライイヨなど言ひてしぞ待てども今に帰り来らず

＊　＊　＊

桃叟日録

去る十二月五日に亡妻芳子の『偲ぶ会』を開きました。芳子との別れを本当に悲しんでくれる友人知己二十六人の心のこもった集まりでした。

いくら余命はどのくらいか知らされてはいても、別れはあまりにも急だったので茫然自失の日々が続き、方々に訃報を伝えるのもひどく遅れました。故人はいろいろな方面にお友達も多かったのですが、住所氏名・メールアドレスなどがスマホの中に散らばっていて、親疎の度合などもわかりかねました。そんなわけで、決して多人数ではないが参加者の心が通いあう清楚な集会になりました。ご出席の方々に感謝すると共に、連絡の行き届かなかった方々にお詫び申し上げます。

会場では遺影に献花して下さった皆さんが一人一人、代わる代わる故人の追憶を語ってくれました。拙老の教え子たち、神戸高校同級生、アメリカ時代の旧友、英語教育関係の知己、マンション住人などいろいろの分野から人々が集まって下さいました。拙老は改めて、亡妻が立派に現実生活で活躍し、拙老に欠けている能力を発揮して拙老を守り立ててくれていたことに思い至りました。拙老は無力で何もしてやれなかったことに恥じ入るばかりです。最後に亡妻を『送る言葉』を――拙老には構音障害があるので――司会者に代読してもらいました。以下、その文章を採録させていただきます。

芳子を偲ぶ言葉

芳子。

きみはぼくにとっては「過ぎた女房」でした。

今になって改めてしみじみ、きみがいかにぼくのことばかりを考えていてくれたかを感じています。

きみは大勢の人に親切でした。大勢の友人たちを持っていました。そんなきみがぼくを人生の伴侶に選んでくれたことは、思えば大変ラッキーなことでした。しかしぼくはそれにすっかり甘え、「ありのすさびに」かまけてワガママばかり言っていました。ごめんね。

ずっと苦しい副作用に耐え続けてくれた君を、もっともっと大切にしなかったことがつくづく悔やまれます。

きみとはここ神戸で五十年一緒に過ごしました。まるで特別な時間と空間が、二人のまわりに開けているかのようでした。空に雲が流れ、丘に風が吹き、日が照っていて、二人が永遠に暮らす幻の国土がそこにうち建てられたみたいでした。

きみは長い闘病のうちに人間を見る目が怖いほど澄んできて、うわべの同情や言葉だけの「友情」を鋭く見抜くようになっていたよね。お座なりの・口先だけの・世間智流の・処世的な応対や友達のふりを敏感に察知したっけ。ぼくも感化されて相手の人となりを感じ分けるようになったと思います。今日の『偲ぶ会』にも、きみをなつかしみ、心からきみとの別れを惜しんでくれる本当の友人知己の方々に来ていただきました。

芳子。現在ぼくはずっと共に生きてきた住居の一角できみの骨を守って暮らしています。どんな宗教にも社会慣習にも介入させません。寿命の続く限りこうして一緒に住み続けましょう。いつかそう遠くない将来は、富士山麓の『文学者の墓』で寄り添って眠りましょう。それまで待っていておくれ。

二〇一九年十二月七日　　　　　　　　　　　　　　野口武彦

◇　◇　◇　◇

会場には、米国インディアナ大学名誉教授のスミエ・ジョーンズ氏から追悼文が寄せられました。ここに再録させていただきます。

野口芳子様に初めてお会いしたのは、一九八二年、アール・マイナーさんの音頭取りで、ワシントンDCで共同研究のセミナーがあった時でした。野口武彦夫人として同伴なさった芳子さんとはウマがあって、食事やレセプションの時間などにはお喋りしたものです。控えめなところがありながら話題に尽きず、爽やかな方という印象でした。それ以後は、太平洋を隔てていますから、時に電話を頂くというお付き合いでしたが、野口武彦さんの著書を頻繁に頂き、ご夫妻とは親友と決め込んでおりました。彼が肝臓の疾患で入退院を繰り返す間、芳子さんは看護に身を削る毎日だったと想像しております。阪神大地震のただ中で、彼を背負ってマンションの外の塀の上から押し出して救助したのも、失意のどん底にあった彼に生きていく決心をさせたのも、その後彼が禁酒して著作に専心するようになったのも、すべて彼女の献身的な愛によるものと思います。大震災以後の彼は、『安政江戸地震』を皮切りに、政治批判と歴史批判の名作をほぼ年間一作という驚愕的なテンポで上梓していますが、どれも彼と彼女の二人三脚のたまものに違いありません。最後にお会いしたのは、阪神大震災の二、三年後のことです。丁度日本に行っており、あまり記憶が定かではありませんが震災の爪痕はすっかり除かれ、書庫など立派に改造されていました。天井が落ちて潰れてしまったマンションの片付けや改築に芳子さんは随分苦労なさったことでしょう。マンション住民の間では、個々に改築して行くべきか、全体を取り壊して新築するかという議論が続いて、夜な夜な徹夜の会議があり、責任感が強くて働き者の芳子さんは睡眠不足の日々だったことでしょう。有能にして包容力のある、素晴らしい友人でした。愛する人を徹底的に守った女性でした。ご逝去をお悔やみ申し上げます。

◆　◆　◆　◆

哀傷

足立たず舌痺るれど亡き妻と連れ立ち歩む夢の山河

津の国の暮れずの空の明るみは狐の嫁ぐ日向雨かな

子狸は行き暮れわびぬ八衢《やちまた》の狐はぐれし道の行く手に

子狸は道に惑ひぬいつの間に狐の失せし夜の暗きに

コダヌキは悔いてぞ泣きぬ知らぬ間に狐死なせし罪の深きに

月明かり人影もなき草原にサンバを踊るひとりコダヌキ

いつよりか影の中にぞ住みなれぬ光溢るる春を忘れて

やよいかに物を尋ねむ渡し守先に過ぎにし人はいづくぞ

関守にいざ事問はむこの坂を先立ちゆきし人はありやと

ながらへてまたけふの日を過ごしけりかくて空しくつもる年月

音楽に寄せて

今ぞ知るテューレの王の節回し永遠《とは》に伝ふる愛惜の歌

アンソニー・ホプキンスの映画『ファーザー』を見て

何もかも忘れすがれる老優の耳朶にこだますカルーソの声

口ずさむ美空ひばりの「越後獅子」バチで打たれてリハビリをする

連山に響くG1ファンファーレ顔見合はせて聞きし日曜

花々に寄せて

黄砂とも勢ひ競ふ桜花年の行方を花に占う

芦屋より三田《さんだ》へ通ふ山道に遠見のコブシ梢ゆかしも

なゐの年いのちの限り咲き満ちしコブシ開きぬ人はあらずて

さりげなく水辺に生ふるカキツバタうちに秘めたる紫ぞ濃き

ふたりして添ひ遂げ果てむおくつきは桃花蕾める白玉《はくぎよく》の里

原の辺《べ》は見渡す限り月見草松虫草咲く夏の夕暮

道の辺にホタルブクロは咲いたるを狐出て来よ共に遊ばん

旅に寄せて

鳥羽の海月は東に日は西に別るる先にうまし津の国

北伊吹南鈴鹿の関ヶ原われは幾度過ぎ越してけむ

夕空に白帆の群はいこひたり入り日の銅鑼が出船うながす

「津」の国レゲンデ

「つ」の古義はきよらの水のことぞとや世々の旅人心して汲め

津の国は水満つるくにみそぎの地ながが幸魂《さきみたま》いこふ国原

津の国の水の界《さかい》の海坂《うなさか》を越えてひろがる時と空あり

玉ぎつねトーテム立てる春の野に遊びたはむれわれを待つらむ

わくらばに津の国原に迷ひ来て里の娘と恋をせしかな

津の国にわれを待つらむ村里は桃の花咲き狐遊べり

芦屋川歩みし日々は幾昔水の流れよ時の移りよ

芦屋川春うららかに満てるかな山と水とは光添へつつ

老境述懐

二とせは夢の裡にぞ経巡りてなほ新たしききみが面立ち

家事済ませ寝に付く妻を夢に見き帰らぬ旅に出でて三とせ目

かくまでも心細げと知らざりき人を発たせる死出の山道

わが世にはもう何事も起こるまじ今宵いつもの夢を見るらん

足は立ち舌さはやかに手も利《き》きし昔のわれはたのもしきかな

弁は立ち舌なめらかにさへづりし昔の日々のなつかしきかな

金縛り泣きわめいても誰ももう聞く者はなし老いの独り身

「ごめんね」と是非に詫びたし年を経てまた悔い返すおぞのふるまひ

老後心境

前後とも友軍見えず敵もなし天地声なく斥候《ものみ》かへらず

金箔の夢は破れて銀白の日々帰り来ぬきみは居まさず

淡彩の夢のとぼそは開かれぬつひにぞ遂げし老いのまぐはひ

はしけやし津の国に棲むなれとわれ神も仏も今はうるさし

今日もまたいい子だつたと亡妻の写真に告げる日々の晩禱

いつの日か胡蝶と化して羽ばたくを共に夢見しきみは居まさず

お蚕のようにくるまれはぐくまれそれでも絹を吐けずごめんね

虫めづる姫君のごとありしきみわれはつひにも蝶にならざり

再会翹望

いつの日かまたも相見ん春の午後風と光と丘の津の国

来ぬ人を来ぬと知りつつ待つ人のかりそめならでありとこそ知れ

常ならば待てば訪れあるものをなしと知りつつ待つぞ侘しき

いとせめて言伝《ことづ》てだにも得てしがなわれ待つ人の名残ゆかしく

わぎもこに又と逢ふ日を数ふるは π の最後の桁のごとかり

亡き妻は死せるにあらずただ不意に行方知られぬ失踪者なり

余生感慨

余生とは生きのいのちのこぼれ日か静かに照らせ老いの坂道

余生とは枝洩るる陽と知られけりまだらはだらに行く手照らして

何やらん虚空に浮かぶ巨きなものわれを招きてしかとほほゑむ

秋深し日ごとにまさる老いらくの呆気《ボケ》と忘却《ワスレ》のいづれ友なる

駆けめぐる野にも山にも跡なくて狐失せにし猟夫《さつ》の寂寥

悲しみ変奏

悲しみはいかなる色と人問はば壺に藏《おさ》めし骨灰の白

悲しみは芦の浜辺にあまねくて夕日の影は消えなずむなり

悲しみにわけて色なしものみなを溶かし込んでぞ空をただよふ

悲しみはマイマイツブロの汁のごと乾いた後も跡はけざやか

朝ごとによみがへり来る悲しさにいつそ拾はん人忘れ貝

雲遠き夕日の空はただ晴れて悲しみ知らにひとり輝く

屋上のカラス諸声《もろごゑ》鳴きとよむわが悲しみに寄り添ふがごと

日暮れなば野辺に狐火立ち連れて奇瑞待たるる恋のあやかし

冥約自責

約束を果たせずにゐるごめんねと妻の遺影に詫びる明け暮れ

いつまでも世に出ぬわれの繭ごもり絹吐かざるも愛《め》でし君はも

いつまでも青虫だつたわがいのちせめてならばや蛹《さなぎ》くらゐに

カッコヨク死ぬのが先途わが世代いまはの時にまたしくじらん

偽回想

久々にパラムネシスのなつかしや初めてなのにいつか来た道

どこで見し景色なりけんこの丘を下る坂道いつか歩めり

隴《ろう》に来てわれいつの世の昔にかありありと見し蜀《しょく》の遠景

またしてもわれを連れ込むこの迷路記憶のかけら散らばりてあり

津の国終曲

八十《やそ》とせを経来しは夢か津の国は風に声なく浜に波なし

世はもみぢわがうつそみの津の国は空に色なき冬木立かな

先行きてわれを待ちをる斑猫《はんめう》は魂住む里の道を教へよ

日だまりに夫婦《めをと》の狐たはむれて毛づくろひする白雨《ゆふだち》のあと

年波の寄する浜辺にしほたれて忘れ貝掘る恋のすなどり

誰ならん生田の森の下闇にわれを待ち居るよその人影

津の国の生田の森の柏木は言の葉守の神ぞ宿れる

津の国に残せし妻の御魂《みたま》守りよそほひせよや文の防人《さきもり》

風寒しいざや急がん芦浜に我を待つらむ人影の見ゆ

反歌

朝日影さす岩むらの園の辺に夫婦ありきとしるしとどめむ

尾

あとがき

今からざっと七十年前の一九五五年、当時十八歳だった筆者《わたし》は、その頃まだ柏木といった静かな住宅街を歩いていた。現在では「北新宿」とかいう味も素っ気もない地名になってしまったが、ひところ柏木の里といえば、かつて植村環の柏木教会もこの地にあり、独特の雰囲気をもった土地柄だったのである。

ヒョロヒョロに痩せた必死の面持ちの高校生が探し当てたのは、詩肆『ユリイカ』を創建した故伊達得夫《だてとくお》氏のお宅だった。思い出しても冷汗が流れるが、そのとき筆者はずっと書き溜めていた詩稿を携えていたのである。いくら勇気を奮い起こしたにもせよ、よくもあんな大胆なことが臆面もなく出来たと思う。蛮勇であった。もちろんボツにされたが、その折の伊達氏の困り切った表情が忘れられない。

あれから何十年かが経ち、その間いろいろなことがあったが、それはけっきょく少年のみぎり詩人になり損なった筆者のいわば一本刀土俵入りにすぎない。筆者はこの体験の後、自分にとっての「ほんとうのこと」を内面の底層深くしまいこみ、その後他のジャンルでたとえ成功したという評価を得、読売文学賞などいくつかの賞を頂いたにせよ、真の深層からは板子一枚距てたものであった。根強い韜晦癖を捨てられなかったのである。

自分がいちばん大切にしたいもの、貴重なもの、かけがえのないものはそっと大事にとっておいて、世塵に触れさせてもかまわないもので勝負に出る、という形が長いこと生活のスタイルをなして来ていた。ところが二〇一九年に妻を失ってからは、自分は長いこと「ほんとうのこと」を語るのを避けて来たのではないかという悔恨を覚えるようになった。もしその「ほんとうのこと」が赤マンマやトンボの羽根と同じものだったらどうしよう、という恐怖心からである。

そんな時ふと歌舞伎に『吃又《どもまた》』という狂言があったのを思い出した。近松門左衛門の浄瑠璃『傾城反魂香《けいせいはんごんこう》』の上の巻「将監住家」の通称で、歌舞伎の一幕物としてよく上演される。これがすばらしいヒントになってくれた。

　主人公の浮世絵師又平はドモリで、ふだんは日常の会話ができないが、女房がポンポンと打つ鼓《つづみ》の拍子に乗ると言葉がすらすら出る。なるほど！　和歌のミソヒトモジ、三十一文字の拍節がちょうどこの鼓の拍子の役目を勤めるのだ。このリズムに乗せるとなぜだか本心が飾らずに出せる。「ほんとうのこと」が臆面なくいえる。韻律とか音数律とかの韻文形式がそなえる非日常的な構え——ここでは五七五七七の制約——が、死者への語りかけのような緊張の持続、愛妻とやりとりした文面を公開する気恥ずかしさの克服などを担保したわけである。

　このたび逝妻芳子を追悼する歌集をまとめようと思い立って、まず心に浮かんだのは、昔のユリイカに詩稿をボツにされた記憶だった。今度も同じことになるんじゃないかとドキドキだったのである。殊に集中の非・韻文的な部分——日記や私信の引用や戯画など——の扱いだった。ひょっとしたら、これは歌集としては邪道ではないのか。しかし幸い今回刊行を引き受けてくれた砂子屋書房の編集部が理解を示され、念願を叶えて下さったことは筆者の望外の喜びである。
末筆ながら畏友藤井貞和氏と砂子屋書房の田村雅之氏に心からの感謝の意を申し述べておきたい。

二〇二二年六月二十三日

野口武彦

歌集　うつつの津の国

二〇二二年九月二五日初版発行

著　者　野口武彦
兵庫県芦屋市朝日ヶ丘町七―一五―一〇一（〒六五九―〇〇一二）

発行者　田村雅之

発行所　砂子屋書房
東京都千代田区内神田三―四―七（〒一〇一―〇〇四七）
電話　〇三―三二五六―四七〇八　振替　〇〇一三〇―二―九七六三一
URL　http://www.sunagoya.com

組　版　はあどわあく

印　刷　長野印刷商工株式会社

製　本　渋谷文泉閣